本詩取り

西原大輔詩集

七月堂

本詩取り　目次

II　春夏秋冬篇

III　恋愛・夫婦篇

V　列島地誌篇

VI　学問・文芸篇

序詩

詩集を読んで下さる方へ

詩か詩でないかはわかりません
わずかな文字の連なりです
あなたが読んで下されば
心が活字を詩に変える

I　少年郷愁篇

ふるさとの道

背中から夕陽《ゆうひ》を浴びて
思い出すふるさとの道
田に落ちて泣いて歩いた
遥かなるふるさとの道

――田中克己短歌「この道を」改編

放課後

沈む夕陽《ゆうひ》を背に受けて
やや身に重いランドセル
小石蹴《け》りつつこの家路《いえじ》
きっと明日《あした》も晴れるだろう

——阪田寛夫「夕日がせなかをおしてくる」改編

小学校下校の記憶

ある日道路に人生の
闇穴《やみあな》ぽっかり空《あ》いていた
のぞいた僕は怖《こわ》くなり
家まで必死に駆けたんだ
――芥川龍之介「トロッコ」改編

遠乗りの記憶

家から海は遠かった
果てなく続く国道を
七里ヶ浜《しちりがはま》まで自転車で
僕はひたすら漕《こ》いだんだ

——室生犀星「をさなき思ひ出2」改編

冒険譚の絵地図

秘密の地図に少年は
地球儀よりも魅せられた
今我が働くこの世界
秘かに夢の地図を描《か》く

――スティーヴンソン『宝島』改編

谷間の小駅の小学校

遊ぶ子供の声がする
こんな村にも学校が……
列車はたちまち動き出し
我が郷愁を運び去る

――石垣りん「洗剤のある風景」改編

廃校の草

なつかしい母校は消えて
あの校歌　歌う声なし
少年の夢の幻
廃校の校庭の草

――松尾芭蕉「夏草や」改編

放課後の心

春の日暮れに少年が
壁にボールを投げている
飽きることなくいつまでも
壁に向かって投げている

――津村信夫「臥床」改編

少年

肌滑《なめ》らかな少年が
口笛吹きつつやってくる
胸にナイフをひそませて
脆《もろ》く危《あや》うく美しく

――三好達治「少年」改編

少年と海

波打際で少年が
腕をぐるぐる振っている
海の無限に挑んでは
力試しを呼んでいる

——中原中也「盲目の秋」改編

十四《じゅうし》の思い

もう二度と取り返せない
もう僕は十四歳《じゅうよん》だ
失った余白が惜しい
書き直す白紙が欲しい

——頼山陽『日本外史』徳川頼宣《よりのぶ》故事改編

志学を懐《おも》う

千里の道を歩きたい
万巻の書を読んでみたい
しかし春秋《はるあき》日は廻《めぐ》り
路《みち》まだ遠い十五歳

――白鳥省吾《しろとりせいご》の言葉改編

学校追想

校舎の窓から見る山は
自由の色の薄緑《うすみどり》
けだるい午後の教室に
遠く教師の声を聞く

——丸山薫「学校遠望」改編

卒業式の哀歌

僕らを若葉にたとえよう
根も樹《き》も同じ仲間たち
早くも落葉のこの別れ
枝を離れて散り散りに
　――久保田万太郎「竹馬や」改編

青春の翅《はね》

青春に青春はなく
青春の匂いがあった
そうそうと羽ばたきながら
僕はひたすら跳《と》びはねた

——萩原朔太郎「題のない歌」改編

ただ惜しめ

愁いの落花を踏みしめて
若き月日をただ惜しめ
甘美なレモンの芳香よ
その鮮やかな輝きよ

――梶井基次郎「檸檬」改編

石を抱《だ》く

老いの冷たい石抱いて
若き月日を嘆くかな
五色《ごしき》の玉《たま》の輝きよ
甘い薔薇《そうび》の芳香よ

――与謝野鉄幹「人を恋ふる歌」改編

青春回顧

羞恥《しゅうち》未熟の青春を
僕は嫌って歌わなかった
素直になれない頑張りを
今いとおしく抱きしめる

―― 菅原克己「マクシム」改編

十代の愛読書

青春遥かに失って
今若き日を抱きしめる
自負と倨傲《きょごう》と劣等感
大志と羞恥《しゅうち》　はた焦燥

——ニーチェ『ツァラトゥストラ』改編

遠い友

ゆっくり下る山道で
若い男とすれ違う
まるで昔の僕なんだ
君はどこまで行けるだろう

――蔵原伸二郎「遠い友よ」改編

峠に向かう若い人に

僕はもう越えて来たのに
君は今登ろうとする
僕は思う　あの細道を
君が行く　苦しい道を

――丸山薫「手風琴と汽車」改編

追試験

若い頃追試を受けた
ごまかした人生の問い
今ならば少しは解ける
手遅れか　はた合格か

――佐藤春夫「酒、歌、煙草、また女」改編

学生宿舎再訪

校舎へ続く舗道《ほどう》には
車輪の轍《わだち》がついていた
駆け抜けた時間の跡を
僕は手で確かめてみる

――高田敏子「秋の海辺」改編

学生時代のアパート

あの頃は幸せだったと
学友の笑顔を思う
桜散り　心は帰る
今はないアパートの部屋
――堀口大学「ふるさと」改編

大学再訪

時が流れてもう僕は
ここに属していないんだ
何も変わらぬ教室は
見たこともない顔ばかり

――劉希夷「代悲白頭翁」改編

同窓会

昔の顔が集まった
白髪《しらが》もちらほら増えてきた
来《こ》し方行《かたゆ》く末《すえ》ただ遥《はる》か
今は母校を思う時
――トーマス・グレイ「イートン学寮遠望のうた」改編

同級会

みんなで肩を組んだなら
過去への扉が開《ひら》くだろう
みんなで校歌を唱《うた》ったら
死んだ恩師も泣くだろう

――金子みすゞ「忘れた唄」改編

旧友再会

たちまちに巻き戻される
三十の長い年月《としつき》
良いものは　古い友人
良いものよ　古い友人
――杜甫「贈衛八処士」改編

旅先で旧友に会う

一つの灯火《とうか》を共にして
今宵《こよい》の食事を楽しもう
明日《あした》峠を越えたなら
人生二つ散り散りに

――杜甫「贈衛八処士」改編

同級生の葬儀のあとで

若き日の友喪《うしな》って
誰と思い出語るべき
昔の町を僕は行く
脳に埋もれた記憶捜《さが》して

――『聖書』「雅歌」改編

懐旧

瞼《まぶた》閉じれば目に浮かぶ
忘れられない人々よ
逝《ゆ》きて再び帰ることなし
逝きて再び帰ることなし

――竹久夢二「青い小径」改編

Ⅱ　春夏秋冬篇

四季の国

万国《ばんこく》それぞれ国是《こくぜ》あり
されど日本の春は花
夏ほととぎす秋紅葉《もみじ》
冬は雪舞う四季の哲学

――道元「春は花」改編

元旦

行く年を鐘で送って
来る年の朝日を拝む
門々《かどかど》に新春の歌
家々に新年の夢

――千家尊福《せんげたかとみ》「一月一日」改編

一月一日

磨かれた新年の窓
塵のない輝く机
白い紙広々延《の》べて
一年《ひととせ》の夢を楽しむ

——欧陽脩「試筆」改編

大学の三月

銅像は雨に潤い
黒土の匂いが高い
まだ始まらぬ新学期
花の蕾《つぼみ》に風寒し

――王維「酌酒与裴迪」改編

花

「ただ咲くために咲いている」
とは何たる自他欺瞞
虫を利用の打算こそ
限りなき美の拠《よ》り所《どころ》

――『シレジウス瞑想詩集』二八九番改編

春日遅遅《しゅんじつちち》

時計の針は忙しく
人はしきりに老いてゆく
されども長き春の日よ
ものを思えば日は暮れず

――与謝蕪村「遅き日の」改編

五月の窓

南に緑の窓を開け
遠く野山を見はるかす
カーテン動かし風吹けば
心緩《ゆる》むよ晴れ晴れと

――金素雲訳、金尚鎔「南に窓を」改編

壁の花

土からも地からも離れ
今ここに光る一輪
限りある命の果ての
つかの間の壁の輝き

――千利休朝顔の故事改編

六月の嘆き

僕は何して来たのだろう
求めた学は成《な》り難《がた》く
売れない著書の二、三冊
明日《あす》は梅雨入りするらしい

――朱熹「偶成」改編

八月の街頭

真夏の烈《はげ》しい陽光よ
白くゆらめく敷石よ
あらゆる言葉を焼きつくし
己《おのれ》震《ふる》わす死の影よ

――伊東静雄「八月の石にすがりて」改編

沙漠の夜

沙漠の夜の天空は
濃い群青《ぐんじょう》の岩絵具
金箔《きんぱく》の月ただ丸く
地はことごとく金砂子《きんすなご》

――上田敏訳、ルコント・ド・リイル「象」改編

午睡《ごすい》

夏の日暮れに目覚めれば
郷愁《ノスタルジア》の薄明かり
遠い記憶の天井に
亡き祖父祖母の声を聞く

――中原中也「朝の歌」改編

祭りのあと

祭りの騒ぎはおさまった
無人の櫓《やぐら》に月は落ち
係は黙ってゴミを掃《は》く
名残《なごり》の笑いの二つ三《み》つ

――与謝蕪村「四五人に」改編

夜祭りの帰り道

祭りの歓楽極《きわま》って
辿《たど》る家路《いえじ》の淋しさよ
若き月日のいくばくぞ
数増す白髪《しらが》をいかにせん

――漢武帝「秋風辞」改編

僕の心は消えかかった虹のように

虹七色《なないろ》は消えかけて
微《かす》かな愁いの空の青
それでも虹は消えかねて
遥かな夢を西東

――堀口大学『消えがての虹』「序の歌」改編

タンスの引出し

思い出は夏の薄衣《うすぎぬ》
しなやかに折りたたまれて
追憶の波紋を残す
その上にセーターを置く

――西槇偉《いさむ》訳、何其芳「うすぎぬ」改編

竹林《ちくりん》の風

地はしっとりと静まって
梢《こずえ》は微風にうち騒ぐ
音に驚き見上げれば
深いひとりの竹林《たけばやし》

――王維「竹里館」改編

沈黙の多数派

弱いと称する草の根が
風に乗じて騒ぎ出す
薄々思っていることを
語らぬ葉裏のくずの花

——田中冬二「くずの花」改編

秋の休日

死んでしまった友人を
忘れていたと気がついた
閑雅な秋の日曜日
昔の顔を思い出す

――『文選』「古詩十九首」改編

秋の日

川の堤に草を藉《し》き
静かに泪《なみだ》を流すかな
泪流せば我が心
冴《さ》え冴《ざ》え澄んで雲は行く

――三好達治「冬の日」改編

秋の暮れ

夕陽《ゆうひ》は斜めに床《ゆか》に落ち
壁に傾く我が心
憂いに適《かな》う来客は
簾《すだれ》動かす秋の風

――耿湋《こうい》「秋日」改編

秋草《あきくさ》

四十九歳《しじゅうくさい》の夕暮れを
どこに思いのやりどころ
心の内をたとうれば
ただ秋草の吹き乱れ

――島崎藤村「東西南北」改編

落葉《らくよう》

樹《き》の蔭に独り坐って
歳月《さいげつ》の速さを思う
愁いにも似たこの落葉《おちば》
払えど払えどなお積もる

――館柳湾《たちりゅうわん》「初冬即事」改編

四十九《よんじゅうきゅう》年目の秋風に吹かれて

どちらを向いても秋風が
僕の顔へと吹き寄せる
徒手空拳《としゅくうけん》の若き日を
思い起こせと言うように

――リルケ「ほとんどすべての物から」改編

秋の夜風

青春の歌を高らかに
歌わぬ先に日は暮れた
私は口を開けたまま
秋の夜風を吸っている

——西條八十「旅の夜風」改編

秋の夜《よ》

僕は聴く　鈴虫を
僕は聴く　松虫を
生きるとはこういうことか……
僕の額《ひたい》を風が吹く

——永井荷風訳、ランボー「そぞろあるき」改編

酒宴の帰りに

宴《うたげ》の酔いを醒《さ》ますべく
ホームの隅で汽車を待つ
秋の夜風に誘われて
仰げば今宵《こよい》ぞ十三夜

――井伏鱒二「逸題」改編

秋涼《しゅうりょう》読書

俗事多端に倦《う》み厭《あ》きて
切に言葉を求むかな
ひとり書を読む窓辺には
水より清き月の影

——菊池三渓「新涼読書」改編

冬の夜の読書

雨の響きを聴きながら
冬の夜更けに本を読む
眼は字を追えど我が耳は
雨の響きを聴いている

——菅茶山「冬夜読書」改編

天に問う

僕たちはどこへ行くのか
そして今どこにいるのか
月満ち欠けて日はめぐり
夜オリオンは天を行く

——ポール・ゴーギャン作品題名改編

III

恋愛・夫婦篇

初夏の恋

洗ったばかりの黒髪は
草吹く風の芳《かぐわ》しさ
二人静かに手をとって
桐の木蔭を屋根とする

——西槇偉《いさむ》訳、何其芳「夏の夜」改編

海を想う

あなたの豊かな両腕は
故郷の浜辺を思わせる
うるんだ瞳　うねる髪
故郷の海をなつかしむ

――西槇偉《いさむ》訳、何其芳「ふたたびおくる」改編

山を想う

あなたの輝く肉体は
故郷の山を思わせる
横たえた身のそのうねり
大山《おおやま》　丹沢　箱根山《やま》

――竹久夢二《青山河》改編

夢を描こう

日常のくすんだ壁に
虹色の夢を描こう
雨漏りのシミの痕《あと》さえ
夢見れば恋人の顔

――堀口大学訳、アルベール・サマン「われ夢む」改編

黄昏《たそがれ》

花の香《か》薄い夕暮れの
夢に女人《にょにん》を探るかな
風の静かな黄昏は
孤身《ひとりみ》うれしい夢見時

――堀口大学訳、ポール・グールモン「黄昏」改編

水の夢

砂漠の道行く旅人は
わずかな水をいとおしむ
渇《かわ》き萎《しお》れた我が心
かすかな恋路《こいじ》を杖とする

――西槇偉《いさむ》訳、何其芳「コノテガシワの林」改編

夜霧

嘆きの霧は夜《よ》を籠《こ》めて
どこに恋路《こいじ》の薄明かり
あるべき星の瞬《またた》きを
僕は数えて窓に倚《よ》る

—— 李商隠「夜雨寄北」改編

花摘《つ》み

花は摘まねば枯れてゆく
高嶺《たかね》の美女も皺《しわ》が寄る
垣根隔てて何の美ぞ
花を摘め摘め花を摘め

――ロンサール「カッサンドルへのオード」改編

ご出勤

東の空から夜は来て
西に茜《あかね》の名残《なごり》かな
疲れて家路《いえじ》を辿《たど》る時
狭斜《きょうしゃ》の女と擦《す》れ違う

――吉井勇「君とゆく」改編

醜い花

男女乳繰《ちちく》る公園の
愛の醜《みにく》さ厭《いと》わしさ
不潔の乱れを恋と呼び
生の極《きわ》みの花となす

―― 石垣りん「家」改編

美女のほほえみ

やわ肌の美人を見ると
僕の眼に髑髏《どくろ》が映る
誰もみな行き着く姿
曝首《しゃれこうべ》にっこりと笑《え》む

——T・S・エリオット「不滅のささやき」改編

喫茶店のかわゆいアルバイト女子
学生に街頭でばったりと出会って

しばらく見ないと思ったら
今日はスーツで大人顔
四月に就職したという
時は過ぎゆくすみやかに

――北原白秋「時は逝く」改編

雪

今年は今年の雪が降り
僕は旅路をただ急ぐ
恋の行方《ゆくえ》の二つ三《み》つ
去年の雪はどこにある？

——ヴィヨン「いにしへの美女たちへのバラード」改編

昔の涙

昔の涙はどこにある？
事務の机に向かいつつ
明日《あす》の賞与を数える日
昔の恋はどこにある？

――ヴィヨン「いにしへの美女たちへのバラード」改編

古い恋の歌

生臭い青春が去り
美しい記憶が残る
恥もなく歌っているのは
赤錆びた恋愛ばかり

――萩原朔太郎「題のない歌」改編

昔の人の

昔の人の面影を
僕は尋ねて町に出た
広場を探し　通りを廻《めぐ》る
恋しき人は今いづこ
――『旧約聖書』「雅歌」改編

あの日の花

今の住所は知らぬまま
昔の場所を訪れた
あなたと歩いたこの道に
あの日の花が咲いてます

――在原業平「月やあらぬ」改編

物語

見知らぬ異国に二人して
住む幻の美しさ
死して眠る日暮閉じる
魂二つの物語

――ボードレール「旅のいざなひ」改編

祝婚歌

桃が盛んに咲いている
二人は仲良く生きるでしょう
樹《き》に鴛鴦《おしどり》も鳴いている
きっと仲良く老いるでしょう

――『詩経』「桃夭」改編

夫婦《ふたり》の雨

雨は二人の上に降る
傘一張《ひとはり》の屋根の下《した》
肩と肩とは寄り添って
雨は二人の上に降る

――島崎藤村「傘のうち」改編

秋刀魚《さんま》

我が身の不遇を嘆く日に
妻が秋刀魚を買って来た
焼いて醤油で食べたあと
二人で黙って茶を飲んだ

――石川啄木「友がみな」改編

鉄砲町《てっぽうちょう》の家《いえ》で

教会の鐘が響くよ
僕たちの小さな部屋に
広島で早くも十年
過ぎてきた同じ月日を
——高村光太郎「深夜の月」改編

静かな夫婦

妻は日本画を描《か》いている
僕は机に向かっている
窓の外には街《まち》の音
子のない二人の午後である
──天野忠「しずかな夫婦」改編

糟糠《そうこう》の妻は

語学　日本画　パン作り
何をやっても駄目なんだ
功なき自分を労《いたわ》るように
僕は「絵画」をいとおしむ

——西條八十「かなりや」改編

静かなる大波乱

妻は尖《とが》った庖丁《ほうちょう》で
肉を黙って切っている
私は剪刀《はさみ》で紙を裁《た》つ
まことに危うい夜である
——高田敏子「朝」改編

夫婦の車の物語

雪降りしきる峠路で
道失った遭難車
二人暖め合いながら
深く埋もれてゆきました

――高田敏子「雪の下」改編

記念写真

もしも家内が死んだなら
僕は岬に行くだろう
写真の場所に立ちつくし
妻の名前を呼ぶだろう

――高村光太郎「レモン哀歌」改編

Ⅳ　生老病死篇

日々の織物

一日は一本の糸
人生は日々の織物
縦糸に大志を張って
共感を横糸にして

―― 茨木のり子「こどもたち」改編

古い名刺

色褪《あ》せた名刺一枚
思い出す挨拶の時
「よろしく」が「さよなら」だった
ただ一期一会の紙片

――白居易「和夢遊春詩」改編

食べる　其一

人生うまくはゆかずとも
確かに腹減る幸福よ
舌楽しませ胃に落とす
心がひととき救われる

――王維「酌酒与裴迪」改編

食べる　其二

何てあからさまな時間だろう
忘我無心のその境地
食べずに生きられぬものか
背中丸めてメシをついばむ

――石垣りん「くらし」改編

食べる　其三

思い屈して嘆いても
日暮れになれば腹が減る
食わずに何の人生ぞ
茶漬けに梅干し葱茗荷《ねぎみょうが》

――高村光太郎「晩餐」改編

食べる　其四

給仕をずらりと控えさせ
宴《うたげ》は粛粛《しゅくしゅく》と進み行く
席の序列の確かさに
ナイフ、フォークの音静か

――石垣りん「百人のお腹の中には」改編

戦時下のこと

庭師の仕事がなくなって
父子《ふし》はうちわを貼《は》ったという
名物丸亀うちわには
先祖の悲しい過去がある

――金素雲訳、白石「焚火」改編

地方勤務

故郷《ふるさと》の訛《なまり》ではない
東京の言葉でもない
異郷の響きに囲まれて
上野の啄木ただ思う

――石川啄木「ふるさと」改編

入眠

人の鎖に繋《つな》がれて
生きるはこうも苦しいか
全ての「悩み」を括弧に入れて
夜の底へと落ちてゆく
――石垣りん「ゆりかごのうた」改編

蒲団《ふとん》

心のままに身の動く
その健康のありがたさ
疲労と病《やまい》に侵《おか》されて
悶々《もんもん》蒲団にくるまれる

――正岡子規「仰臥漫録」改編

日々の旅

健《すこ》やかな日は日常を厭《いと》い
旅に出たいとただ願う
体を病めば日々こそ旅
二度と戻らぬ今を知る

――高見順「帰る旅」改編

精密検査の帰りに

赤い不吉の満月が
街路の先に浮いている
僕は病気を引きずって
口笛吹きつつ帰るんだ

――北原白秋「病める児は」改編

病《やまい》の孤独の頂《いただき》から

日々の暮らしの村々が
何と小さく見えること
病の峰にさらされて
遥か生死を見はるかす

――リルケ「心の頂きにさらされて」改編

病身

少し冷たいそよ風が
病んだ体を撫《な》でてゆく
微風《びふう》に震える手の産毛《うぶげ》
僕は今まだ生きている

――萩原朔太郎「春夜」改編

天井

手術前夜は眠れません
いつもと同じ今日の日が
遠い昔になりそうで……
目をあけ眠気を待ってます

――石垣りん「沈んでいる」改編

人工透析になった頃

悲しいことなどないんだけれど
なぜか涙が落ちてくる
ごはんを食べるとつっと一筋《ひとすじ》
蒲団《ふとん》に入るとつっと一筋

――山之口貘「生きる先々」改編

人工透析の宣告

絶望に沈んだのだが
そのうちに慣れてしまった
希望がはかないように
絶望も頼りないもの
——魯迅「希望」改編

苦《にが》い朝

なぜか悲しい夢を見て
涙流して目が覚めた
悔悟《かいご》挫折の後味《あとあじ》を
体は忘れずいるらしい

――松尾芭蕉「嵯峨日記」改編

寝たきりの教え子を思う

草木の薫る野の道を
僕は忘れず歩きたい
青い空にはいつだって
満天の星があることを

――金子みすゞ「星とたんぽぽ」改編

心の器

悲しみが沈殿したので
上澄みはいつもの清水《しみず》
この器《うつわ》混ぜるべからず
水騒ぎ澱《おり》は沈まず

──丸山薫「水の精神」改編

懊悩を救うもの

病気は辛《つら》い　悩みは多い
生まれなければ良かったか
それでも腹減る喉《のど》渇く
美人を見れば目が泳ぐ

――芥川龍之介「河童」改編

世事《せじ》怱怱《そうそう》

河口近くの川のように
老いた月日はゆるやかか？
僕は流れに舟浮かべ
日々の暮らしに棹をさす
——石垣りん「河口」改編

白髪《はくはつ》紳士

俺《おれ》は初代の部長だと
臆面もなくただ誇る
母校の部活を語る時
老人満面熱宿る

——『古今和歌集』「今こそあれ」改編

老婦人

あたしの高価なダイヤよと
美の輝きをただ誇る
亡夫の形見を見せる時
老婆に乙女の恥宿る
──『古今和歌集』「今こそあれ」改編

恩師の訃報

いつか来ると知ってはいたが
予告なきこの訃報
ご尊著《そんちょ》に喪章をつけたら
とめどなく泣けてきたんだ

――伊勢物語第百二十五段改編

追悼林連祥先生

もはや今　語る術《すべ》なく
涙して遥かに仰ぐ
空に消えゆく階段を
天へと翔《か》ける鳳《おおとり》を

―― 室生犀星「日本の朝」改編

年越し

恩師失《う》せ早くも三月《みつき》
逆さまに行《ゆ》かぬ月日よ
嘆きつつ年を越したら
別れさえ去年となるか

――紀貫之「恋ふるまに」改編

人生の道

おずおずと歩き始めて
気がつけば老いの山坂《やまさか》
どこまでも越えてゆこうよ
果てのある　果てしない道

――松尾芭蕉「この道や」改編

明日《あす》の月日

短き命と人は言う
大いに恋せよ飲むべしと
それでも僕は問うている
何を求めてどこまでと

――吉井勇「ゴンドラの唄」改編

V

列島地誌篇

麗《うるわ》しい島国

我が日本《にっぽん》の春は花
夏ほととぎす秋紅葉《もみじ》
女やさしく水甘く
山川海の美しい国

――道元「春は花」改編

海と山

海見れば胸うち騒ぎ
山見れば心静まる
我れ夢む世界の海浜《かいひん》
我れ愛す日本の山河

――東山魁夷《唐招提寺障壁画》改編

筑波山《さん》に登る

夕暮れに心適《かな》わず
車を走らせ山へ行く
雲はゆうゆう　川もゆうゆう
夕焼けは限りなく良い

――李商隠「楽遊原」改編

筑波の山

紫峰《しほう》は北に双《なら》び立ち
学舎《がくしゃ》は語る　若き日を
昨日《きのう》の歌はどこにある？
昨日の恋はどこにある？

――三好達治「僕は」改編

安田講堂

正門背にして見上げれば
並木一筋歪《ゆが》みなし
銀杏《いちょう》　黄金《おうごん》　ただ見事
学の正道ここにあり

――種田山頭火「空へ若竹の」改編

日比谷の台風

嵐は秘かに地に迫り
月は雲間を走るかな
濠端《ほりばた》　人は少なくて
ただビル風の西東

――菅茶山「茗水即事」改編

歌舞伎座

学生時代に見た時は
十七代目の勘三郎
哀れ「俊寛《しゅんかん》」生きかわり
死にかわり演ずる僧都《そうず》かな

――村上鬼城「生かはり」改編

スクランブル交差点

去年の今日は村にいた
ハチ公前でふと思う
渋谷の土曜の午後三時
村では菫《すみれ》が咲いている

―ブラウニング「異国にありて故郷を思う歌」改編

巣鴨高齢カフェ

老婆の休日　愚痴会だ
「娘は独り身　孫はなし」
両手の皺《しわ》で数珠《じゅず》揉《も》んで
「南無阿弥陀仏　阿弥陀仏」
――狂言「濯《すす》ぎ川」改編

奥多摩

深い谷間の中腹に
危うく暮らす家一軒
我らが心の風景よ
人生苦しく山静か
——川合玉堂《山村早春》改編

房総半島

沖行く船の波間より
低い汽笛がやってくる
VO—VO—VO—と茫洋《ぼうよう》の
僕の心を言い当てて

——金素雲訳、李章熙「春の海」改編

箱根峠

足元さえも空《そら》である
来た道がくっきり見える
静かな風の旅人が
尾根をひそかに越えていった

――蔵原伸二郎「五月の雉」改編

冬の能登《のと》

今日も頻《しき》りと雪が降る
山をさ迷う猿たちも
老爺《ろうや》も娘も詩人《うたびと》も
雪に降られる能登の旅

——三好達治「ひさかたの」改編

忘れられない風景

若い頃信濃《しなの》を旅した
つまらない鉄筋の宿
味わいもない朝ご飯
咲いていた紫陽花《あじさい》の花

——国木田独歩「忘れえぬ人々」改編

京洛《けいらく》春景

お囃子長唄賑《にぎ》やかに
今鴨川の花盛り
風もないのに五六片
落花が水面《みなも》を越えてゆく

――沢村胡夷「紅萌ゆる岡の花」改編

鞍馬薄暮

日暮れも早い峡谷《きょうこく》の
五時すら待たぬ店仕舞《じま》い
参詣人《にん》の声絶えて
谷間に高い川の音

――王維「柴鹿」改編

三好達治の墓前にて

暮るるに早き人の世の
花静かなり本澄寺《ほんちょうじ》
詩の道遠く遥かにて
紅《くれない》深き藪椿《やぶつばき》

――三好達治「いにしへの日は」「ひさかたの」改編

薬師寺塔影

塔さかしまに池に浮き
九輪《きゅうりん》波に揺れ動く
水面《みなも》を走る雲一片
大和の国に秋は行く

――高駢「山亭夏日」改編

奈良再訪

修学旅行で来た奈良は
お寺だらけの町だった
苦闘　病身　三十年
夢いっぱいの頃だった

――三好達治「艸千里浜」改編

那智の滝

見舞いついでに那智の滝
とうとうたらり　とうたらり
我が教え子は寝たきりに
とうとうたらり　とうたらり

――上田敏訳、ボードレール「薄暮《くれがた》の曲」改編

後山《うしろやま》山荘

眼下に鞆《とも》の汽笛鳴り
頭上に滝の音を聴く
風景絶佳の小亭は
ポニョの家より二三分

――松尾芭蕉「洒落堂記《しゃらくどうのき》」改編

瀬戸内海瞰望《かんぼう》　其一

筆影山《ふでかげやま》より見晴らせば
水陸三百六十度
島陰に船行く筋が……
雲からは光の束《たば》が……

――頼山陽「泊天草洋」改編

瀬戸内海瞰望《かんぼう》　其二

竜王山《りゅうおうざん》より見晴らせば
天地水陸ただ一目《ひとめ》
連なり重なり影となる
島の波　はた雲の波

――頼山陽「泊天草洋」改編

御手洗《みたらい》の海を眺めて

町の子　黙って　寄って来た
僕の不幸を知る如く
大人になったら君もまた
一人で海を見るでしょう

――シャルル・クロ「リュクサンブール公園で」改編

似島《にのしま》フェリー

宇品《うじな》の港を船が出る
デッキに自転車・スクーター
西は宮島遥かにて
海上孤鳥《こちょう》低く飛ぶ

――木下杢太郎「築地の渡し」改編

切串《きりぐし》航路

舷側《げんそく》白く泡立てて
夜《よる》瀬戸内を船が行く
街の光は波に揺れ
黒い水面《みなも》に汽笛鳴る

――木下杢太郎「築地の渡し」改編

ヒロシマの歌

御霊《みたま》よ地下に哭《な》く勿《なか》れ
国貶《おとし》める輩《やから》こそ
御身《おんみ》鞭《むち》打つ敵《かたき》なれ
共に歌わん君が代を

――大木惇夫「平和を祈りみ霊を鎮めん」改編

広島城天守閣

胸塞《ふさ》ぎ思い乱れて
独り立つ高欄《こうらん》の秋
雨脚《あまあし》は俄《にわか》に迫り
一陣の風立ち起こる

――許渾「咸陽城東楼」改編

極楽寺探訪

落花の風に誘われて
遥かに登る極楽寺
車を通す道もなく
山上暮春の別天地

——杜牧「山行」改編

路地

影なき大路《おおじ》に耐えかねて
身を裏路地《うらろじ》に隠すかな
心の隅の薄暗く
陰翳《いんえい》深き軒庇《のきびさし》

——谷崎潤一郎「陰翳礼讃」改編

美しき日本《にっぽん》の電線

米国　正義　不平等
英国　紳士　侵略者
中国　仁義　詐欺偽造
日本《にっぽん》　四季の美　送電線

——山村暮鳥「囈語」改編

東南アジアの市場《いちば》にて

ふと気がつけば周囲みな
慣れぬアジアの菜の匂い
遠い異国の黄昏《たそがれ》に
日本の町を思い出す

――ブラウニング「異国にありて故郷を思う歌」改編

清掃

掃除《そうじ》こそ日本の心
願い込め隅々を拭《ふ》く
我が胸に塵のなかれと
世の中に祈り満ちよと

――菅原道真「海ならず」改編

Ⅵ　学問・文芸篇

心の中の武士

胸中《きょうちゅう》の刀を抜いて
我こそは先陣の者
心中《しんちゅう》に幟《のぼり》を立てて
我こそは万軍《ばんぐん》の将

――外山正一「抜刀隊」改編

詩の妄執

僕の詩は読み継がれるか
僕の詩は忘れられるか
それをのみ思い煩《わずら》う
あさましきこの妄執よ

——中島敦「山月記」改編

光

僕が言葉を紡《つむ》ぐ時
光を味方につけうるか
稲妻閃《ひらめ》く一瞬に
天地生死を照らし出す

――『三冊子』松尾芭蕉の言葉改編

壜《びん》を投げる

大海原のデッキから
壜の手紙を投げ入れる
まるで詩人が詩を書くように
誰かに届けと投げ入れる

——パウル・ツェランの言葉改編

銃を撃つ

幾度《いくど》も世に問う詩や本の
手応《てごた》えに欠くその軽さ
耐え兼ね私は銃を撃つ
空《くう》を撃ちまた空《くう》を撃つ

――萩原朔太郎「大砲を撃つ」改編

落選

賞はまだ僕にはこないし
良い職も手に入らない
僕は一日寝転んで
ただ天井を眺めていたいよ

――小熊秀雄「馬の胴体の中で考えてゐたい」改編

ゆらぐ思いを

トンビは天に円を描《か》き
堂々《どうどう》巡《めぐ》る我が心
暇《ひま》なく颪は葉をゆらす
実《み》のなる時節のありやなし
――高見順「天」改編

紙漉《かみすき》

唯一残った職人が
金《かね》にならない和紙を漉《す》く
絶滅危惧種の七五調
誰も読まない詩を作る

――柳宗悦『手仕事の日本』改編

半生回顧

青春は机の前で尽き
徒《いたずら》に蔵書が多い
大学で二十九《きゅう》年
得たものは古本の山

――朱熹「偶成」改編

我が学問　其一

こんなことではいけないと
功業未成《こうぎょうみせい》をただ焦る
秘かに思う百年後
千の教授は土と化す

――明治三十九年十月二十二日付夏目漱石書簡改編

我が学問　其二

志のみ遥かにて
眼高手低《がんこうしゅてい》の憾《うら》みあり
瑣事《さじ》に汲々《きゅうきゅう》時移り
万《まん》の博士は泥となる

――明治三十九年十月二十二日付夏目漱石書簡改編

秘かな夢

望みは何と人問わば
功業不朽と答えよう
平凡尊《とうと》ぶ平成に
秘かに天下の夢を抱《だ》く

――夏目漱石「秋はふみ」改編

日本名詩選出版

八回の春秋《しゅんじゅう》を経て
三巻の詩選を編んだ
書の前に新酒を注《そそ》ぎ
一晩《ひとばん》の微酔《びすい》を楽しむ

――頼山陽「修史偶題十一首　二十余年成我書」改編

初めて本を出した頃

もうこれで死んでも良いと
あの時は思ったのだが………
人生は明日《あした》へ続く
明日《あした》へのきりのない夢
――広島カープ応援歌改編

書店にて

時の試練にさらされて
本　大半は屑《くず》となる
棚には一冊我が著作
掌《て》で撫《な》で抱いてただ祈る

――頼山陽「述懐」改編

図書館書架の風景

何と遥かな景色だろう
古今東西人類の
この厖大《ぼうだい》な知の営為
書架に一冊自著を置く

――石垣りん「洗剤のある風景」改編

本の墓地

もの書く者は知っている
図書館のまがまがしさを
墓石のように死書が立ち
著者魂魄《こんぱく》が書庫に憑《つ》く

――小泉八雲「耳なし芳一」改編

詩集

詩を書き詩を練り三十年
我が詩は未《いま》だ顕《あらわ》れず
集の命運ただ思う
図書館書庫の風塵裡《ふうじんり》

――中野逍遥「秋怨十絶」改編

鯉の滝登り

昔願った竜《りゅう》の夢
今ただ思う菫草《すみれぐさ》
求めることなくこつこつと
遥かな歴史に埋《うず》もれて
—— 夏目漱石「菫ほど」改編

自得

僕はそれなり頑張った
だけど結局この程度
思えば先祖は素町人《すちょうにん》
まあ　これで良しとしましょうか

――国木田独歩「非凡なる凡人」改編

給与生活者

会議と書類は山をなし
体も心も擦《す》り切れた
退職する日を楽しみに
今日一日をやりすごす

——石垣りん「貧しい町」改編

広島大学の看板煙突

内実貧しい大学の
廃止になった焼却炉
役に立たない煙突は
白い巨塔と成り果てた

——山崎豊子「白い巨塔」改編

枯木教授

教員連には蔑《さげす》まれ
学生達まで馬鹿にする
知力衰え脳朽ちた
この老教師ただ哀れ
――聖徳太子「家にあらば」改編

怒《いか》れる人気フェミニスト

ひと皮剥《は》がせば赤裸々な
不平不満のルサンチマン
正義の仮面を身につけて
誰もさわらぬ神となる

――夏目漱石「断片、ニイチエはsuperman ヲ説ク」改編

裸の学長様

腰巾着《こしぎんちゃく》に囲まれて
大号令の得意顔
賢い学者が出世して
世にも愚かな長《ちょう》となる

――アンデルセン「皇帝の新しい服」改編

ゼミ

兎《うさぎ》の如き乙女《おとめ》来て
仲間に加えてくれと言う
詩を読みたいと切に乞《こ》う
童話のような今日のゼミ
――木下杢太郎「柑子」改編

古い研究室名簿

功成り名遂げた人がいる
無名に沈んだ者がある
ちらほら若き落命者
月日に黄ばんだ古《ふる》名簿

——高青邱「閶門舟中逢白範」改編

一滴の水

我こそと若き日の夢
悠久を思えば空し
今僕は水になりたい
敷島《しきしま》の一滴の水

――やなせたかし「ひとつぶの水滴」改編

地球儀と日の丸

我れ国を愛してやまず
敷島《しきしま》の大和心《やまとごころ》よ
されどまた世界を知らん
くるくると地球儀を見る
――本居宣長「敷島の」改編

卒業生を送る

大学の門前に立ち
君たちの背中を送る
風邪ひくな　事故に遭《あ》うなよ
姿が消えても手を振って

――松尾芭蕉「許六離別の詞」改編

広島大学を去る卒業生に代わって

いくら名残を惜しんでも
別れはいつも心残り
さようなら我が学舎《がくしゃ》
さようなら我が西条

——伊東静雄「夏の終り」改編

跋詩

詩集を読んで下さった方へ

身の程知っての本詩取り
古人を切に恋い慕う
偉大な詩人も先人を
仰いだ事実を杖として

本詩取りについて

本歌取りから本詩取りへ

「本詩取り」は、僕の造語です。もちろん、和歌の「本歌取り」から作りました。この詩集では、全篇が例外なく「本詩取り」の技法で作られています。

「本詩取り」は、僕が新たに試みた作詩術の名称ですが、これは単なる小手先の技術にとどまるものではありません。新しさを追求してきた現代詩は、なぜ袋小路に入ってしまったのか。長い詩歌の歴史の中で、日本の詩は今後どのような方向に進むべきか。この本質的な問いに対し、僕なりの回答を提出したのが「本詩取り」です。和歌の「本歌取り」には、たとえば次のような例があります。

　駒とめて袖打ちはらふ陰もなし佐野の渡りの雪の夕暮れ(『新古今和歌集』藤原定家)

これは『万葉集』の長忌寸奥麿《ながのいみきおきまろ》の短歌を利用したものです。

苦しくも降りくる雨か三輪の崎佐野の渡りに家もあらなくに

定家はこの名歌を下敷きにしながら、本歌とは異なる独自の世界を作り出しました。「本詩取り」は、このような古典詩歌の手法を詩に応用したものです。

アリストテレス詩学への異議申し立て

和歌の「本歌取り」では、先行する作品を読者が知っていることを想定しつつ、これを改編してゆきます。この方法は、二つの問題を僕たちに投げかけています。一つは、ミメイシスによって詩が作られるとするアリストテレス詩学へのアンチテーゼになっていることです。

アリストテレスは『詩学』で、詩はミメイシス（現実再現）であるとしました。古代ギリシャの詩は戯曲でしたから、確かに舞台上で現実を再現するという一面もあったでしょう。しかし、詩は現実からだけでなく、既存の詩からも作られます。最近の文学理論では、これを「間テクスト性（intertextuality）」などと呼んで新しがっています。

ところが、欧米の文脈では新奇なこの考え方も、日本文学ではお馴染の伝統的手法に過ぎません。「本歌取り」は、西洋中心の文学理論に対して、日本文学の側から異議申し立てができる論拠の一つです。すなわち、西洋人はアリストテレスのミメイシス論を普遍的な基準と考えて来ましたが、むしろ欧米文学の理論の方が特殊で異端だったのではないかということです。ヨーロッパ中心の価値観に一石を投じる可能性を秘めているのが「本歌取り」であると言えましょう。

近代の独創性神話を疑う

近代の日本人も、西洋的な先入観にとらわれて来ました。詩人独自の体験や思想から作品が生み出されるとする、独創性神話です。これに対し「本歌取り」は、僕たちに第二の論点を導いてくれます。すなわち、表現の所有権の問題です。他人の言葉を使うのは剽窃であるとするのが、西洋伝来の考え方でした。しかし、これは本当に正しいことなのでしょうか。

有名な和歌や物語の一節を自分の言葉として応用することは、日本では正統の技法でした。歌詠みは「本歌取り」によって、偉大な和歌の歴史に、自ら喜んで組み込まれてゆきます。この際、作者は作品に対し、キリスト教の唯一神のように君臨するのではありません。人（作者）は遺伝子（和歌）の主人ではなく、遺伝子を運ぶ器に過ぎません。歌人も、滔々と流れる和歌世界の一滴にすぎないのです。ですから、名歌の表現を借用することは、和歌の流れに進んで身を投じることであり、むしろ当然のことでした。

ところが、個人の創造力を絶対化する近代的創作観からすると、それは倫理に反する行為とされかねません。有体に言えば、「これはパクリだ」と非難されてしまうのです。「本歌取り」は、作者の独創性を過度に神聖視する発想にも、否の一文字を突き付けています。

近代日本の詩の世界で、これまで「本詩取り」が意識化されてこなかったのは、近現代詩がもともと西洋伝来の形式であったことと関係があるかも知れません。和歌・俳諧・漢詩を旧体詩とみなし、自らを新体詩と呼んだ明治以降の詩の歴史を今一度思いおこしたいと思います。和歌との連続性など、あまり考えたことがなかったというのが、近現代詩人の実態ではなかったでしょうか。

過去を否定すれば、それだけ自分の独創性が増すのでしょうか。そんなはずはありません。過去の否定から継承へ。日本の詩は、このように進んでゆきたいものです。

影響と本詩取りの違い

日本の近現代詩にも、過去の名作を利用しつつ創作された作品は存在しています。特に多いのは、西洋の名詩の影響下で作られた作品です。しかしながら、影響を受けることと「本詩取り」は、一見似ているようでいて、本質的に異なっています。詩人は、他人の影響を指摘されるのを喜びません。なぜなら、影響を受けたことを認めてしまうと、それだけ自分の独創性が損なわれるように感じてしまうからです。これに対し「本詩取り」は、「本詩」を明記することで、過去の古典的詩歌への敬意を表明しています。

近代日本の詩人たちは、自分の独創性を疑われたくなかったのでしょう。先行する作品との関係を進んで明言するようなことは稀でした。研究者が後から西洋の詩の影響を指摘するというのが、これまでのありかたでした。一方僕は、詩集『七五小曲集』『掌の詩集』『本詩取り』で、「本詩」を明記しています。たとえば、詩「別れ」です。

別れ

あなたが旅立つその日には
涙流して送りましょう

いえいえ涙は見せません
せめて別れのしるしにと
このハンカチを振りましょう
——ポール・フォール作、上田敏訳「別離」改編

「本詩」であるポール・フォールの「別離」と比較してみて下さい。上田敏訳には、「せめて船出のその日には」「涙ながして、おくりませう」「いや、いや、濱風、むかひ風」「せめてわかれのしるしにと」「この手拭《ハンケチ》をふりませう」という、そっくりの表現があることに気付くでしょう。僕の詩は、それらを抜き出して並べ替えただけに見えます。近代主義的な価値観からすると、これは盗作です。しかし、そのような発想の狭さこそ、今問い直すべきでしょう。『万葉集』の有名な短歌を本歌として、「駒とめて」と詠じた藤原定家のことを、今一度思い返したいと思います。

現代詩が袋小路を抜け出す方法

明治の『新体詩抄』に始まった近現代詩も、百年以上の歴史を誇るようになりました。この間に作られた優れた詩も数多くあります。僕は、これらの作品を否定したり乗り越えたりして前進するのではなく、名詩を師範と仰ぎ、自らの体内に取り込みつつ、新たな創作の源泉とするのが良いと思っています。自分などは偉大な先人には遥かに及ばないと考え、名のある詩人たちの言葉を自分の詩の一節に使わせていただく、という発想です。

残念なことに、新しい作風を追求し続けた近現代詩の歴史は、攻撃と否定の連続でした。『新体詩抄』は質が低いとけなされ、島崎藤村は古臭いと軽んじられ、蒲原有明の象徴詩にはたちまち逆風が吹き、北原白秋は旧派の代表と目されました。佐藤春夫は時代遅れ、三好達治は抒情派だから駄目、モダニズムは社会意識が低いと攻撃され、荒地派はたちまち実験的前衛詩に取ってかわられました。

結果としてたどりついた現代詩は、新しさばかりを主張する空虚な自己満足の袋小路に入り込んでしまいました。自分だけが唯一の正しい創作者であると、誰もが主張してきたように感じられます。難解で、誰も理解できず、それでいて自尊心だけは高い。「そんな現代詩などもうたくさんだ」というのが、教養ある読者の素直な反応ではないでしょうか。このアンチテーゼとして、僕は「本詩取り」の手法を位置づけています。過去の否定ではなく、過去の作品に立脚することで、新たな創造へと進むべきだと思うのです。

知を離れ情に戻る

詩は、知と情で成り立っています。ところが敗戦後の日本の詩は、知に偏り過ぎました。詩には思想がなければならないと言われた時期がありました。詩は言語実験だと思われていた時代もありました。詩は批評だとされたこともあります。そして今でも、詩は新しいものの見方を発見する試みだと定義する人がいます。知性ばかりに重きを置いたこのような主知的作品には、おのずから限界が生まれます。「我こそは革新者だ」「自分は新しいものの見方を発見した」と大声を張り上げるような傲慢さを、僕は全く持ち合わせていません。

むしろ僕は、古い情の世界に限りない親しみを感じています。この世の中で人間の感じること考えることは、既にどこかの書物に書かれています。「日の下に新しきものなし」と、『旧約聖書』にある通りです。詩も全く同じです。人間が感じ考えることは、古典文学に表現されつくされています。僕ができるのは、過去の人類の文学遺産を遥かに仰ぎ見て、これに少し新しい言い方を加えるだけです。これこそすなわち、僕が「本詩取り」を試みる所以です。古きを温め新しきを知る、と言い替えても良いでしょう。

開国以来、日本の詩人は、海外からやってくる新文学の摂取に忙しかったと思います。そのような清新な時代にあっては、新しさこそが絶対的な価値でした。しかし、まもなく明治維新百五十年を迎えようとしている今日、僕は大きな時代の変化を感じています。それはあたかも、白居易をはじめとする漢文学を慌ただしく吸収した古代日本人が、遣唐使廃止を境にして、落ち着いた独自の平安文学を築いていった事実を想起させます。

藤原俊成やその息子藤原定家が主導した「本歌取り」は、単なる和歌の技法ではありませんでした。それは、一つの時代認識であり、歴史意識です。過去の文学遺産と向き合い、それを尊重すること。この古典尊重の姿勢こそが、「本歌取り」を支える精神なのです。爛熟した平安文化を背景に誕生したのが「本歌取り」にほかなりません。

本詩取りの原則とは

「本歌取り」といっても、何をどのように利用しても良いわけではありませんでした。藤原定家は「詠歌大概」で、いくつかの禁じ手について語っています。第一に、最近の歌人の和歌を使ってはいけないという決まりがあります。本歌はあくまでも『古今集』、あるいは『後撰集』『拾遺集』を含む三代集などに限られました。要するに、古典としての地位を獲得していない短歌を本歌とすることはできないのです。この詩集でも同様の考え方に従い、一部の例外を除いて、既に亡くなった著名な詩人の作品だけを「本詩」として活用しています。

第二に、本歌の大部分をそのまま転用するようなことはしてはいけないと、藤原定家は述べています。たとえば、五七五七七の五句うち三句以上流用したのでは、あまりにも本歌に近づき過ぎてしまいます。「本詩取り」においても、「本詩」をほとんどそのまま使いつつ、ごく一部の字句だけを差し替えるような安易な方法は、「本詩取り」の精神には適いません。

この詩集では、「本詩」との適切な距離を大切にしました。そのため、一部の詩では、「本詩」と僕の詩の間に、ほんのわずかな関連しかないように見える場合すらあります。

なお、「本歌取り」では、和歌ではなく物語を創作源とすることも可能でした。この場合、元となる物語は「本歌」ではなく「本説《ほんぜつ》」と呼ばれます。たとえば、藤原俊成の「夕されば野辺の秋風身にしみてうづら鳴くなり深草の里」は、『伊勢物語』第百二十三段を「本説」としています。僕の詩にも、芥川龍之介「トロッコ」や正岡子規「仰臥漫録」のような散文を「本説」とした詩があります。これもまた、平安時代の伝統につらなる古典的な技法だと言えるでしょう。

この詩集を丁寧に読んで下さる方へ

和歌研究の世界では、まだ気づかれていない本歌を発見することは、学者の手柄の一つであるようです。また、和歌を本歌と比較しつつ検証するのも、非常に大切なことです。ひるがえってこの詩集では、「本詩」を秘匿し読者を惑わせるような真似はしませんでした。「本詩」は全て明記してあります。ただし、こっそり隠し玉を仕込んである作品もいくつかあります。

この詩集を手にとって下さっている方の中には、僕の詩と「本詩」とを読み比べてみたいという奇特な人もおられるでしょう。しかし、それはむしろ、「本歌取り」の和歌の研究と同様、学者の領分に属する仕事と言って良いかも知れません。

遠い将来、古今東西の詩歌に通じた高雅な教養人が、僕の詩と「本詩」を机上に並べつつ、字句の異同を味わい、細かに検討してくれる日が来るでしょうか。「本詩取り」を中心としたこの詩集が、時代の転換期を物語る一冊として認識されることがあるならば、著者としてこれに勝る喜びはありません。

著者紹介

西原大輔（にしはら・だいすけ）

1967（昭和42）年3月、東京生まれ、横浜育ち。聖光学院、筑波大学、東京大学大学院に学ぶ。学術博士。シンガポール国立大学、駿河台大学を経て、現在広島大学大学院教授。

詩集

『赤れんが』　（私家版、1997年）

『蚕豆集』　（七月堂、2006年）

『美しい川』　（七月堂、2009年）

『七五小曲集』（七月堂、2011年）

『掌の詩集』（七月堂、2014年）

『詩物語』（七月堂、2015年）

著書

『谷崎潤一郎とオリエンタリズム』（中央公論新社、2003年）

『橋本関雪』（ミネルヴァ書房、2007年）

『日本名詩選1・2・3』（笠間書院、2015年）

『日本人のシンガポール体験』（人文書院、2017年）

装幀：水野愛《ちか》

本詩取り

二〇一八年一月三一日　発行

著　者　西原　大輔

発行者　知念　明子

発行所　七　月　堂
〒一五六―〇〇四三　東京都世田谷区松原二―二六―六

電話　〇三―三三二五―五七一七

ＦＡＸ　〇三―三三二五―五七三一
印刷・製本　渋谷文泉閣

ISBN 978-4-87944-306-9 C0092